사람이 그리울 때가 있다

시와소금 시인선 · 005

사람이 그리울 때가 있다

윤용선 인물시집

시와 소금

*사진/ 심창섭 작가

| 시인의 말 |

첫 시집에서 나는
'한 백년쯤 넉넉한 거리를 지키며 굿굿하게 자라
비로소 기품 있는 태를 드러내는 소나무가
그리울 때가 있다.' 고
이미 고백했었다.

그런데 그 소나무가
늘 마음에 품고 있던
내 이웃의 또 다른 이름이었다는 걸
이제 와서야 확연히 깨닫는다.

삭은 소나무의 뿌리에 맺혀 있는
단단한 복령 같은, 결코 썩지 않는
그러나 한결 같이 따뜻한 신뢰와
사랑의 꽃이었다는데 이르러 새삼 목이 멘다.

2016년 늦가을
춘천에서 윤용선

| 차례 |

| 시인의 말 |

제1부 영원을 스치는 바람소리

김 득수 ___ 013
김 보니따스 ___ 014
김 성란 ___ 015
김 진숙 ___ 016
김 창영 ___ 017
김 현주 ___ 018
남궁 양운 ___ 019
노 복선 ___ 020
노 정균 ___ 021
류 광순 ___ 022
박 헌종 ___ 023
배 영식 ___ 024
우 성진 ___ 025
유 점상 ___ 026
유 항근 ___ 027
유 현옥 ___ 028
이 병필 ___ 029
이 성무 ___ 030
임 영순 ___ 031

차 준환 —— 032
최 성열 —— 034
최 웅집 —— 035
최 종문 —— 036
한 근수 —— 037
함 석열 —— 038

제2부 흐린 세상을 위하여

김 남극 —— 041
김 성수 —— 042
김 성춘 —— 043
김 순실 —— 045
김 오민 —— 046
김 재룡 —— 048
김 창균 —— 049
박 기동 —— 050
박 민수 —— 051
박 용하 —— 053
박 해림 —— 054
송 종규 —— 055
송 준영 —— 056
신 승근 —— 057
양 승준 —— 058
이 동희 —— 059
이 상문 —— 060

이 시연 ___ 061
이 외수 ___ 063
이 화주 ___ 065
임 동윤 ___ 066
정 주연 ___ 067
조 성림 ___ 068
조 영수 ___ 069
최 돈선 ___ 070
한 기옥 ___ 071
허　림 ___ 072
허 문영 ___ 073
황 미라 ___ 074

제3부 영혼을 적시는 물빛

길 종갑 ___ 077
김 명숙 ___ 078
김 성호 ___ 079
김 풍기 ___ 080
노 화남 ___ 081
민 성숙 ___ 083
박 명환 ___ 084
박 성호 ___ 085
백 정현 ___ 086
백 형민 ___ 087
변 우식 ___ 088

송 창언 — 089
신 대엽 — 090
신 라라 — 091
신 철균 — 092
우 예주 — 093
원 태경 — 094
유 병훈 — 095
이 광택 — 096
이 형재 — 097
정 두섭 — 098
정 현우 — 099
조 병국 — 100
최 영식 — 101
최 종남 — 102
함　섭 — 103
황 효창 — 105

제4부 감자꽃 깊은 향기

공 진항 — 109
김 남섭 — 110
김 명호 — 111
김 순이 — 112
김 영배 — 113
김 옥기 — 114
김 은삼 — 115

김 주현 ___ 116
서 경범 ___ 117
서 명숙 ___ 118
송 영숙 ___ 119
송 종화 ___ 120
신 미선 ___ 121
신 청균 ___ 122
심 상희 ___ 123
윤 부섭 ___ 124
윤 상원 ___ 125
이 교섭 ___ 126
이 정남 ___ 127
장 규일 ___ 128
정 기엽 ___ 130
조 태화 ___ 131
차 재호 ___ 132
최 강희 ___ 133
최 명환 ___ 134
최 인숙 ___ 135
최 정옥 ___ 136
한 경석 ___ 137

제 1 부

영원을 스치는 바람소리

김 득수

6.25의 상처가 참담한 둔덕 위로 얼기설기 판잣집이 들어서고,
그 사이로 미로 같은 골목이 났는데
골목마다 골목대장이 있어
낯선 누군가 얼굴이라도 디밀면
잽싸게 나타나 텃세를 부리곤 했다.
막 시골서 올라왔던 그가
어느 골목에서 톡톡히 당했는지
나를 앞세우고 골목 뒤지기에 나섰다.
'느그들, 옷도 좋은 옷에 얼굴도 허여멀건데
부모 잘못 만나 고생인 우리 아그한테
와 짝으로 행패가 행팬데' 하며
부지깽이 들고 내닫던 그 어머니 앞에서
그저 먹먹했던 기억이 생생하다.
사실이지 그때나 이제나
완력과는 아주 거리가 먼 나는 샌님 중의 골샌님인데
어쩌자고 거기까지 함께 가자고 했는지
이제도 까닭을 모르겠다.
사는 게 그런 것처럼.

김 보니따스

오늘도
누가 내 좁은 속을
가만히 들여다보고 있다.
허기진 사랑의 그리움으로 닿은
먼 도시 자그레브의
성 스테판 성당이나
성 마르끄 성당처럼
오래고,
가파르게 올려다 보이는
외진골목 그 끝까지 쫓아와
지그시 지켜보고 있다.
망종인 나에게
일상의 아주 작고 가벼운 일로도
죄에 들지 말고,
결코 오만하지 말라고,
때때로 젖은 손도 꼭 잡아 주면서
오늘도 나를 다독이고 있다.

김 성란

춘천에는
아는 사람들이 모여서
아는 만큼 사랑하는
작은 도서관이 하나 있는데,
그가 관장이다.
누가 뭐라 해도 그저 웃는다.
그렇게 속 깊은 물이다.
섣부른 주장 같은 거
애초부터 하지 않지만
가야 하는 길은 언제나 똑 바로 간다.
그걸 눈치 채는 이 드물지만
춘천에는
알아야 할 사람들이 아는
그가 있다.
커다란 나무처럼 그늘 드리우며
생각이 꽃으로 피게 하는

※ 작은 도서관은 「담 작은 도서관」을 이름

김 진숙

대개 기억에 오랜 것은
얇게 가신 흥분의 꺼풀이 아니다.
아주 깊게 파인 상처이거나
끝내 아니었던 응어리 같은 것이다.
그런데 내 기억의 한쪽에
아무리 세월이 흘러도
바래거나 지워지지 않고 처음 그대로
맑고 환한 햇살이 하나
끊임없이 일렁이고 있는 것이다.
거기 외진 산길을 혼자 깡총거리는
어린 천사의 맨발이 어리기도 하고,
타박타박 집으로 돌아가는
먼 시간의 외로운 허기 때문에
'호오' 하고 내쉬는 작은 한숨이
한 움큼 묻어나기도 하는 것이다.
맨발과 허기의 욕망 사이에서
티 없이 옹알거리는 투정과 앙탈이
지금 막 돋아나는 새순처럼 쟁그러운 것이다.

김 창영

— 중국 요녕성 조선 문보의

많이 낯설고,

또 한참은 황량하기도 한

만주라는 바다*로 달려가서

마침내 나는 걸걸한 조선의 정신 하나 만난다.

단단한 야성의 꽃인가 하면

어느새 아뜩하게 취하게 되는

뜨거운 향기 같은 신뢰와 만난다.

아주 질기게 만난다.

마치 깜깜한 밤바다에서 바라보는

등대의 환한 불빛처럼

이미 끈을 놓은 세대를 다시 잇는

마지막 희망인 것처럼

만주로의 항해를 꿈꿀 때마다

여전히 나는

풀지 못한 숙제를 안고 있는 아이처럼

그가 그립다. 목이 타게 그립다.

거구에서 뿜어내는 야성의 순수와 함께

* '만주라는 바다'는 박기동의 시에서 따옴

김 현주

살다보면
태풍이 이는 바다처럼
가슴 시커멓게 탈 일이나
입술 잘근잘근 씹게 될 경우는
왜 없겠는가?
다만 그 깊은 바닥의 고요를
다 들여다보지 못하는 것처럼
그게 정처는 아니지 싶어서
하늘에 번지고 있는
말간 꿈 하나 품고,
단지 무쇠처럼
또 단단하게 일어서는 것이다.
가고 싶은 곳이 있어도
보고 싶은 것이 있어도
꾹 참고, 깨어 있으려고
한 번 더 생각하는 것이다.
나는 지금 어디 있는가?
지금 무얼 하고 있는가?

남궁 양운

참 멋쟁이다.

한 세월의 꿈이

뒷동산 복사꽃 그늘 아래

하릴없이 쌓여 있지만

여전히 젊은 마음으로

총총 엮어가는 일상이

진정 이쁘다.

모두들 살며 뽀글거리는 동안은

기쁨과 슬픔이 반반

술독의 술은 오랠수록

향기가 더 하고 맛이 그윽하단 걸

이미 아는 이들은 알 것이다.

간간 무릎이 쑤시는

소소한 일들로 마음이 곤할 때마다

꼭 생각나는 그의 음악

큰 키에 알맞게 휘청거리는

마리아의 맨발 같은

오후의 해맑은 노을빛

노 복선

원추리꽃은 밝은 담황색
요란하지 않아도 포근하고 따뜻하다.
산과 들, 어디에나 참 흔했는데
점점점 보기 드물어지는 것은
내 마음이 척박해진 탓일까?
영악스러워진 세태 때문일까?
판단조차 어려운데
아주 먼 곳에서
코를 훌쩍거리는 소리가 들린다.
업고 다니던 어린 조카의 칭얼대는 소리도
간간 저녁 어스름에 묻어난다.
지금은 다 컸을 조카 대신
어린 딸 손잡고 장도 볼 때가 되었는데
그 조카와 딸도 원추리를 알까?
빛깔은 요란하지 않은 담황색
따뜻하고 포근한 꽃을 피운다는 걸
알고, 사랑할까?
문득 궁금하다.

노 정균

모두들 세상, 다 그렇지 할 때도
뭔가 조금은 달라야 하지 않겠느냐고
정색을 하는
더러더러 삐딱하게 들이대고 있는
그와 한 자리에 마주 앉으면
아직도 나는
하늘이 어떻게 하늘이고,
세상이 어떻게 세상인지 헤매는
어설픈 맹물이다.
아니 또 다른 누구에게는
옹색하고 완고하기까지 한
편협한 괴물이다.
괜한 밤 새워가며 떠들어도
도무지 부끄러운지 모르는 부끄러움이다.
백 척 벼랑 위를 아슬아슬 걷다가
어느 때가 되면
비로소 조금은 철이 들까?
오늘도 그는 나를 물 먹인다.

류 광순

—중국 심양 화원 신촌의

저 너른 광야가
오늘은 막막한 고요 속에
그저 떠 있다.
희미한 고향으로의 기억을 더듬으며
더 오랜 침묵의 외로움을 견디며
조금씩 아주 조금씩
마음속 그리움을 삭이고 있다.
더러는 힘에 부쳤던 날들이
괜히 서러워지기도 하고,
앞만 보고 무섭게 달려온 길이
너무 아뜩하기만 해서
하루는 서울이고, 춘천이고
또 다른 타향으로, 고향으로
희디흰 눈보라를 일으키고 있지만
늘 하늘을 이고 있으면서 서러운 바다처럼
저 너른 광야가
오늘은 말도 없이 조용히 떠 있다.
아주 오래고, 또 먼 풍경으로

박 헌종

너무 오래 되어서
많이 빛바랜 흑백사진처럼
철원은 마음에 찍힌 사연이 많다.
가장 뜨거웠던 젊음의 한때
자잘한 기억의 자투리부터
거기 아니면 결코 아니었을
순간순간의 불꽃에 이르기까지
모두 다 있다.
그 끈의 한쪽을 잡아당기면
조근조근 떠오르는 교실과 운동장
작은 마을마다 덮고 있는 그리움이
봄날 아지랑이처럼 아른거린다.
이런 기억의 항해를 위하여
작은 돛을 올릴 때마다
그 한가운데
키를 잡고 우뚝 서 있는 그가 있다.
거기서 나고 자라, 살았다는 걸 너머서
더 먼 조상 적 질긴 근기로 그가 있다.

배 영식

바깥은 늘
뜻 모를 바람으로 흔들리는데
그때마다
그의 꽃가게에 핀 꽃들은
소리없이 웃는다.
꼭 그의 아내처럼
작은 목소리로 가만가만
조금만 참아요.
바람은 불다가도 제풀에 지니까
웃고 있는 꽃들이
꼭 그의 딸들처럼
아주 환하다.
더 낮은 곳으로 내려가
젖은 손을 가만히 잡아주고 있는
그의 꽃가게에 핀 꽃들은
모두 은은하고 겸허하다.
거친 바람이 황량하게 불 때면
더 그렇다.

우 성진

지워지지 않은

세월의 한 끝 질기게 잡고

아주 먼 길을 왔다.

이제는 놓아 주어야 할

얼굴 하나

부모님 고향집 울 밑에

무슨 꽃처럼 피어있는 걸까?

그새 아들, 딸 낳아 잘 키우고

어떻단 내색 하나 없이

예까지 왔는데, 잘 왔는데

어쩌자고 또

가슴 한 쪽이 저린지

혼자라는 생각이 드는지

문득문득

고향 꽃이 보고 싶을 땐

밥 한 번 먹자고 한다.

껄껄껄 웃는 모습 뒤에서

누가 또 그리운가 보다

유 점상

거기 가면
꼭 마음속 고향 같다.
풀잎도, 서 있는 나무도
사람까지 모두 하나같이
환하고 촉촉하다.
멀리 떠돌다, 떠돌다 돌아온
내 집 같다.
스치는 바람의 기운마저
한결같다.
어떤 응석 다 받아주고
어떤 아픔도 다 품어준다.
거기가면
풀잎 하나도 따뜻하고
사람이 사람으로 촉촉하다.
한자리에 서 있는 나무처럼
하나같이
세상 어떤 꽃보다
더 아름답다.

유 항근

팔을 길게 늘일 수 있다면
그래서 빠르게 지나가는 시간도
꽉 잡을 수 있다면 얼마나 좋을까?
희미해진 기억으로 물들고 있는
그리움만 남는다.
때때로 바람결에 묻어오던 소식도
듬성듬성 하더니
누구 어깨만큼 벌어지더니
점점 무심한 풍경 밖으로 밀린다.
그 거리를 메우려고
옛날 자전거로 달려가며
다리에 조금씩 힘을 붙여보지만
너무 멀리 왔다.
아직도 그 길은 자갈이 툭툭 튀는
울퉁불퉁한 비포장이다.
바람도 없는데 낙엽이 지듯
추억으로 젖고 있는 세월도
빠르게 간다.

유 현옥

날마다 바람이 일고 있다.
저 높은 하늘로 작은 점처럼
이름 모를 새 떼가 날아오르고,
빈자리를 지키고 서 있는
가로수, 질긴 뿌리가 가뭇없이 흔들린다.
종일토록 수액을 퍼 나르던
가느다란 가지에는
투명한 중력이 촘촘하게 매달려 있다.
지치는 법도 없이 보채고 있다.
어째서 노동은 매번 버거워야 하고,
아무리 곤해도 금방 끝나지 않는 걸까?
어떤 의문 하나 풀어 낼 새도 없이
날마다 바람이 일고 있다.
그 바람 있는 대로 다 맞으며
혼자서 온몸으로
세월의 거친 물살 가르고 있다.
세상 빛으로 환하게 엮어 갈
궁리를 하고 있다.

이 병필

속이 허전해서
촉촉한 물빛이 그리운 날이면
문득문득 떠오르는 얼굴이 있다.
모두가 땀에 절어서
제 한 몸 가누기 어렵고
옆을 바라보기도 힘든 때
아무 소리 없이
작은 손을 내밀어 주던
마음이 큰 얼굴이 있다.
엄마 품에 안겨
잠든 아기의 미소보다
더 환한 얼굴이 있다.
속이 허한 날이면
따뜻한 국물이 생각나듯
그보다 더 간절하게
떠오르는 얼굴이 있다.
끝끝내 어떻다는
무슨 말 한 마디 않고 있는

이 성무

오직 한 길을
오롯이 걸어온 세월이
아름답다.
그때까지 흘린 땀내가 향기롭고,
몰래몰래 흘린 눈물이 질편할 텐데
조금도 한 눈 팔지 않고
푸르게 일어서는 바다의 파도처럼
먼 항해 끝에 마지막 꽃을 피우고,
여기 우뚝 섰다.
감춰야 할 무슨 속내 같은 거
세상 부끄러울 게 하나 없는
당당한 얼굴이 참 환하다.
이제도 길만 바라고 가는지
가다가 마음에 그리운 줄 하나 매고
먼 산 바라보며 그네를 타다가
혹 끄덕끄덕 졸기도 하는지
문득 그게 궁금하다.
끝내 아름다운 세월이기를

임 영순

이 세상 올 때처럼
어느 날 문득
거리낌 하나 없이
먼저 서둘러 간 일은
아주 잘못된 짓이다.
그때까지 어떻다는 내색 하나 없이
어디가 어떻다는 소리 하나 흘리지 않고
그냥 혼자 떠나버린 건
아무리 봐주려 해도
야속한 일이다.
언제는 거부할 수 없는
끈끈함으로 두 손 꼭 붙잡더니
또 언제는 나도 몰래
제 맘대로 손을 놓고 말았으니
이제는 내가 말하겠다.
함께 있을 때처럼
이 세상, 참 아름답다고
그리고 많이 아름다웠다고

차 준환

늘 가쁘고, 또 척박했던 세월에
마음을 열어 받아주시던 고마움을
이즈음에야 겨우 깨닫고 있습니다.
그러니 그때는
얼마나 아둔하고 무모했겠으며
일마다 어떤 폐를 끼쳤을지
생각하기가 두렵습니다.
모두 지나간 일이기는 하지만
넓은 마음으로 용서하십시오.
그때 조금 더 열려 있었더라면
조금 더 멀리 내다보았더라면
비록 졸렬하기는 했을지라도
한결 아름답지 않았을까?
반성 중입니다.
그럼에도 낄낄거리며 좋았던 날은
모두 다 그때이지 싶습니다.
하루는 잘 안다고 생각한 누구에게
괜한 인사를 어설피 했다가

댁이 뉘시더라? 하는 반문에
얼마나 황당하고 착잡했는지 모릅니다.
그때 문득 당신이 떠올랐습니다.
늘 못나고 쓸쓸해 하는 마음까지
다 받아주고 헤아려 주시던 당신
아, 내게도 이런 분이 있었구나 하는 생각에
크게 위로 받으며 행복했습니다.
다시 한 번 고맙다는 인사를 드립니다.
늘 평안하십시오.

최 성열

참, 고맙다는 말은
쉬 할 수 있는 말이 아니다.
의례적으로야 무슨 말인들
어려울까 싶지만
이 말은 말하는 이의 마음이
이 말을 받는 이의 마음과
하나로 만날 수 있을 때
비로소 그 뜻이 살아나기 때문이다.
여우고개 아래서
철없이 토끼를 길러 팔다가
마침내 툭툭 털고,
잔금 남은 통장과 도장을 내밀며
학비에 보태라던 일이
또렷한 기억의 한쪽에
아직 꽃잎처럼 선연한데,
그 꽃잎 보석보다 아름답고
어떤 향기보다 향기롭다고
그 말 한 마디 끝내 못하고 있다.

※ 여우고개는 춘천 우두산 옆에 있던 고개.

최 웅집

그의 아내는
시골 초등학교의 선생님이시다.
가끔 그 선생님이
내 연극 보러 오셔요 그러는데
그는
배우이기도 한 아내가 이쁘고.
또 무던하다고 그런다.
속이야 어떻든
둘을 맞바꾸어도 어디랄 것 없이
똑 그럴 것이다.
내외가 가까우면서도
똑 부러지게 분명한 그것이
나는 너무 부러워서
나보다 목 하나는 더 커 보이는
그를 쳐다볼 때 마다
무슨 부끄러운 짓을 하다 들킨 것처럼
자꾸 작아지는 것이다.
세상에 비교할 걸 해야지 하면서도

최 종문

부부는
참 야무지다.
하얀 화선지에
먹물 촘촘히 번진
한 폭 그림 같다.

가만 보고 있어도
조잘조잘 흐르는
여울 따라 가는
나뭇잎처럼
나뭇잎 배처럼

부부는
참 한결같다.
봄날 눈 속에 피는
노란 복수초처럼
뜨겁고 향기롭다.

한 근수

그저 빙긋이 웃는다.
세상 다 뒤집어 진다고 해도
괜스레 호들갑 떨지 말라고,
모두 괜한 일이라고,
무 자르듯 간단히 자른다.
그리고 나서 더 깊은 마음의 고요를 즐기는데
나는 도무지 그게 안된다.
아무리 부질없는 세상이라지만
미련 없다는 게 말이나 되는지
도대체 난감한 일이란 건 또 뭔지
아직도 그게 의문이다.
숨이 찬 도시 어딘가에서
아무렇지 않게 잘 지내는 걸 보면
저 하늘에 떠 있는 연처럼
흐르는 바람을 잘 타고 있을 것이다.
언제나처럼 딱 한 발
내 앞에 서서
그저 빙긋이 웃는다.

함 석열

길고 험한 시간의 노동이 묻어난
고흐의 헌 구두를 바라보다가 문득 그를 떠올린다.
보고싶은 걸까?
있는 속 다 내비치며 골목을 휘젓던
철부지는 뭘 하고 있을까 싶어
오래된 시간의 틈을 비집고
그때 그곳으로 들어가 보니
거기 빈 말뚝 같은 자유가
혼자 멀쑥한 얼룩으로 남아있고,
미처 길들지 않은 망아지에게 꽂히는
삐딱한 눈총도 여전하다.
어쩌면 헐렁하고 늘어진 것보다는
바싹 죄는 것이 가치로운 일로 강제되던
이상하고 끔찍한 세월에서는
그게 온당한 일이었는지 모르겠다.
깃털보다 더 가벼운 미동에 떠밀려 우리는 너무 일찍,
또 너무 멀리 튕겨져 나온 것은 아닌가 싶다.
그리운 것을 그리움으로 품기도 전에

제 2 부

흐린 세상을 위하여

김 남극

객지로 평생을 떠돈 내게 부러운 것이 고향이다.

품에 꼬옥 안고 살 비비며

자식처럼 지켜봐야 할 꿈같은 거

목숨처럼 사랑해야 할 그리움 같은 거

소중히 가슴에 묻고 사는 이들은 모른다.

아침마다 손바닥만 한 하늘을 열고,

한 이랑씩 헤쳐 나가는 일상日常이

얼마나 눈물겹게 아름답고 행복한지를 모른다.

객지로 부는 바람

그 쓸쓸한 세월의 수척한 가지를 쳐서

햇살 눈부신 곳에라도 꽂으면

들풀처럼 억세게 뿌리 내리고,

물살 같은 흔적의 꽃은 피어날까

골짜기 마다 환한 향기는 차오를까

평생을 객지로 떠돈 내게

어쩌자고 자꾸 되물어온다.

그의 이마에 부딪쳐서

반사하는 영혼의 빛살처럼

김 성수

그는 시인이다.
강원도 정선이나 평창 어디쯤
발길 닿지 않는 곳에서도
홀로 하늘 바라보며
무엇이 부끄러움인가를 곰삭이고 있는
풀꽃처럼 아름다운
그는 시인이다.
그와 마주하면 스치는 바람결에도
괜스레 얼굴이 달아오르고,
나는
깊은 곳으로 흐르는 강물의
소리 없는 노을로 뜬다.
언제나 아름다운 것은 어름처럼
깨끗하고, 부신 빛으로 타올라
우리를 더 높은 곳으로 밀어 올린다.
잠든 아가의 숨결 같은
맑고, 평화로운 세상을 여는 그는
끝끝내 아름다운 시인이다.

김 성춘

하나뿐인 강원도 촌놈의 아들 녀석이
다 자라서 군에 입대하게 되고
하필 떨어진 곳이 부산이다.
질편한 군대생활에 젊음을 던질 바에야
인적 드문 산골 최전방이어야 한다는 것은
하릴없는 혼자만의 고정관념일 뿐.
예서 삼십삼 년을 거슬러 오르면
나도 논산 연무대, 홍천 수자대를 거쳐
동두천, 전곡, 연천의 신망리를 헤매는
눈보라와 만나고, 양평과 원주 근교의
쓸쓸한 바람을 맞는다.
이즈음
내가 군에서 이동한 거리보다 더 멀리 있는
미덥지 못한 아들 면회를 위하여
주말의 부산을 몇 번이나 달려갔다.
체증으로 몸살을 앓는 고속도로에 갇혀
끔찍한 현대인의 고통을 투덜거렸다.
궁리 끝에 돌아오는 길은

동해를 옆에 끼고 바닷바람을 받으며
국도를 거슬러 오르는 모험을 하기로 했다.
낯설고 불안한 초행길을 어설픈 이정표에 매달려서
송정을 빠지고, 기장을 지나 울산을 바라고 나갔다.
그러다 어디쯤에선가 문득, 만나게 된 방어진 이정표
한 순간 방어진이라는 이름에서 묻어나는
따뜻한 미소와 한 사람의 낮은 음성이
푸른 물빛으로 넘실거렸다.
몇 번인가 데면데면 얼굴을 익히고
손잡고 깊은 이야기도 나누지 못한
한 시인의 방어진을 비켜 지나면서
아, 세상 그리운 사람은 도처에 있구나
정말 있구나 깨닫고 있었다.

김 순실

금세라도 누가 순실아, 하고 부르면
바로 알아듣고 무슨 답을 할까?
늘 그게 궁금했다.
왜냐하면 세상 다 뒤집어 질 일에도
그만은 소리 없이 미소 지을 영혼이라고
침착하게 믿고 있으니까
한데 두 번째 그의 시집을 읽다가
'내가 일으킨 먼지로 때' 를 타고
'내가 버린 쌀뜨물 가득한 세상' 으로
숨 가쁘게 달려왔다는
창백한 고백 앞에서 나는
많이 어지럽고 먹먹했다.
마치 문고리를 갑자기 확 당겼을 때
한꺼번에 펼쳐지는 수많은 사물들이
빛인지, 어둠인지
도무지 감당 안 되는 것처럼
장마에 둑이 무너진 것처럼
혼자 아뜩했다.

*' '안은 그의 시에서 따옴

김 오민

그녀에게서는
가슴이 뜨거운 꽃 내가 난다.
저만크 높은 산을 타는
그녀의 시는
언제나 치자꽃 향기로
사랑은 숨이 막힌다.
그녀가 실눈을 뜨고
가늘게 웃고 있을 때
이때를 조심하라.
그녀의 말에 베이지 않으려면
모두들 근신하지 않으면 안 된다.
어디로 튈지 모르는 불똥을
미리 가늠한다는 것은
거의 불가능하다.
차라리 튀는 불티에 데어서
상처를 다스리는 일이
행복하다.
그리움이 완벽한 그녀에게

나날의 사치는 욕심이 아니다.
끊임없이 노 저어가는
그녀의 땀방울은 투명하고
황홀하다.

김 재룡

소리 없이 흐르는 강물에
몸을 던지듯 눈이 내린다.
더러는 격렬하게
그러나 더 없이 고요하게
희디흰 눈이 내린다.
어느 고독한 영혼을 위하여
딱딱하게 굳은 빵을 위하여
하염없이 눈이 내린다.
벌판의 나무들 가는 가지위로
괜한 중력을 보태기도 하면서
더 먼 풍경 속에 번지는
흐린 불빛도 가리면서
대책 없이 눈이 내린다.
정작 바람은 없는데
바람소리에 뒤척이는
마지막 눈이 내린다.
아주 희고 뜨거운 고독처럼
맹목의 그리움 처럼

김 창균

도적놈 같은 그에게 아내는 참 이쁘다.
이쁘기는 두 딸이 또 이쁘다.
그래서 나는
이쁜 딸들 천진한 웃음에 홀리기도 하고,
느닷없이 스님 어깨에 목마하고 낄낄거리는
그의 알 수 없는 속내를 기웃거리기도 하지만
납득이 안 가는 것은
그는 여전히 존경스런 지아비고,
끔찍이 사랑받는 아빠란 점이다.
이렇게 들이대면 틀림없이 그는
뭘, 그까짓 걸 가지고 그러냐며
웃기지도 않는다는 투로 슬쩍 비켜갈 테지만
더욱 신기한 것은 휘적휘적 오르는 산길에서도
담배연기 자욱한 술집에서도
그가 떡하니 버틸라치면
어디 송곳 하나 꽂을 자리 없이
아주 탄탄하다는 것이다.
그 아내와 딸이 이쁜 것처럼

박 기동

누구는 그가
세상에서 가장 깨끗하고,
맛있게 소줄 마시는 시인이라지만
그 쓴 소주 한 잔을 넘기기 겨운
나에게는 그가
세상 바라보기의 엉뚱함으로
당당하고, 또 치열하게
버티고 서 있다.
그리하여 햇빛 좋은 날에도
겨냥 없이 흔들리는 바람소리 같은
비탈을 내려가고 있을 사람들
좁은 어깨 위로 노을이 지고 있음을
그가 일깨우고 있을 때
나는 잃어버린 세월의 거리만큼
부끄러워지고, 또 부끄러워진다.

박 민수

너는 일찍이
세상 바라보는 안경을 꼈지만
나는 이제야
침침한 책갈피의 행간을 위하여
때때로 불편을 겪는다.
너의 안경알이 차가운 석영질로
꼼꼼히 사물을 파헤치고 있을 때
사람들은 한 순간의 섬득함에 매달려
그날의 날씨에 대하여 웅얼거리지만
나는 더 오랜 인내의 시간에 내리는
희디흰 눈발의 순결함
또는 그 뜨거운 맹목의 향기를
사랑한다.
흠이라면 누구나 한번쯤 저지르게 마련인
숱김의 치기, 아주 작은 일상의 실수 같은 것을
좀처럼 보여주지 않는다는 점이다.
그렇다면 그대는 완벽주의자인가
아니다.

아무도 너의 내면 깊은 곳에서
꼼지락거리는 진실을 간파하지 못하고
구시렁거리는 사람들조차
따뜻하게 끌어안고 뒹구는
네가 나에게는 경이로울 뿐,
너의 바다 한 가운데
떠 있을 작은 섬 하나
나는 아직도 그 곳에 닿지 못하고 있다.

박 용하

홀로 서 있는 나무를 본다.
광야에 아무렇지 않게
그저 서 있는 것인지는 잘 모르겠지만
또 누가 생각해 보지도 않고
홀로 서 있다고 생각했는지는 모르지만
홀로 서 있는 나무는
홀로 서 있는 나무만 아는 일이다.
어쩌면 홀로 서 있는 일이
험한 산에 기 쓰고 올라가
더 먼 산 바라보기처럼 덧없는 일일지라도
생애를 담은 눈빛으로
온 세상 더듬어 훑고 있는 것이다.
바람이 불면 더 그리워지는
홀로 서 있는 나무를 본다.
광야에 홀로 서 있는 나무만 아는
나무가
덧 없는 세월의 물살에 몸을 헹구는데
늘 가슴이 찌릿찌릿 하다.

박 해림

세상 어디서나 꽃들은
단지 한 번 피어도 촉촉한 생명으로
영원을 꿈꾸고 있는데,
꽉 죄는 옷처럼 거북하기나 하고
깡깡 얼어붙은 얼음판 숨구멍처럼
고단하기나 한 날이면
과연 몇 개의 눈이 있어야
세상 온전히 바라볼 수 있고,
몇 개의 팔이 있어야 마음에도
앞뒤와 위아래 같은 게 있는지, 어떤지
바로 짚어 낼 수 있는 걸까?
줄곧 의문하는 영혼이
의문의 갈피마다 꽃잎을 하나씩
끼워 넣고 있다.
때로 술이 마시고 싶단 생각 같은 건
의연하게 가슴 깊이 묻어 놓고
맑은 꽃향기처럼
은은하게 소리 없이 웃고 있다.

송 종규

그네의 일상 속에는
따사로운 햇살에 일렁이는
노란 민들레꽃과 불붙는 단풍잎이
때도 없이 만나서
깨알같은 꽃씨가 되고, 아기가 되어
아장아장 걸어다닌다.
그리운 강의실과 바쁜 지하도를 잇는
투명한 추억이 거미줄에 매달려
아슬아슬한 곡예를 하는가 하면
홀연, 긴장하는 사물들
핀세트로 하나씩 하나씩 집어
은유의 불을 댕기고,
마침내 낡은 난로 속으로 힘껏 던져 넣는다.
그 때 타오르는 그네의 언어는 다갈색
진한 커피로 다글다글 끓고 있다.
언제나
허허로운 들녘의 바람소리
또는, 노을빛 환한 그리움으로

송 준영

그러니까 그가 거기 있다.

밥 먹고, 숨 쉬고, 생각하고

그러니까 그는 거기 없다.

밥도, 숨도, 생각도

먼 산을 스쳐가는 바람처럼

저 하늘에 떠 있는 구름처럼

있다가 없고

없다가 있고

문을 문으로 막으면 절벽이고

문이 문으로 열면 허공이고

허허 벌판에 서면 바람이고

깊은 산에 갇히면 바위고

그런 그가 어제는 왔다가 갔다.

그런 그가 오늘은 갔다가 왔다.

신 승근

눈이 내린다.

바람이 지나가는 골마루와

쳐다보기 어려운 하늘

똑 그 사이로

희디흰 눈이 내린다.

맹목으로 내린다.

시린 옆구리를 파고드는

쓸쓸한 바람처럼

그날이 그날이듯 무심하게

둥둥 떠 있는 구름처럼

외로움으로, 오랜 그리움으로

내리고 또 내린다.

더 먼 곳에서 흔들리는

막막한 불빛을 좇다가

참, 포근하다고 혼자 중얼거리며

눈먼 눈이 내린다.

깨끗한 마지막 영혼이 내린다.

시방 순하게 내린다.

양 승준

아, 그러고 보니
그의 시집 「뭉게구름에 관한 보고서」를 받고
여태 아무 답을 못했다.
내 생활이 어눌하다는 것과
또 많이 게으르다는 것만으로는
마음의 부채 같은 걸
쉬 내려놓을 수 있을 것 같지 않았다.
그래서 한여름 더위를 무릅쓰고
촘촘한 그의 시를
한 줄, 한 줄 새기듯 천천히 읽었다.
곳곳에서 묻어나는 세월의 단내가
반전하는 시선에서는 사유의 향기가
내 마른 후각을 후득후득 깨우고 있었다.
조곤조곤 나이 듦을 생각하게 하는
그는 입이 무거운 시인 같았다.
나는
'상강 무렵 국화주나 한 잔 해야 겠다' 는
그가 부러웠다.

*' '안은 그의 시에서 따옴.

이 동희

낮은 곳으로
자근자근 쏟아지는 햇살 같은
그의 영혼은
바람에 결코 흔들리지 않고,
때때로 모래를 씹어도
내색 않고 아주 부드럽게
세상을 품어 안는다.
새벽 별처럼 은은하게
빛을 발한다.
그 맑은 빛줄기는
지금 어디쯤 가고 있을까?
일렁이는 물결에 해초들이
몸을 풀고 있는
영원한 바다
그 푸른 빛 위에
다시 푸른 빛이 도는
거기 오롯이 떠 있는
마지막 섬 하나

이 상문

다 들여다보이는 물빛 위에
나뭇잎 하나 그저 떠 있듯
다 물들어 마른 나뭇잎 위에는
세월의 단내가 수북이 쌓였는데
이리저리 몰려가며 불던
크고 작은 바람은 다 어디 갔는지
조금씩 바래고 바래다가
마침내 모두 다 삭아 내렸는지
저 하늘은 알 수 있을 테지만
그래도 못나게 징그러운 그리움 같은 거
조금만 눈길 주어도
거기 피어나는 모진 꽃 같은 거
더러더러 있겠다.
마음에 선한 집 한 채 짓고
가만히 들어가 앉으면
아주 오래오래 쉴 수도 있겠다.
눈빛이 그렇게 고요한 걸 보면
다 품고도 남겠다.

이 시연

군산에 갈 일이 있었다.
조용하기만한 장항역을 빠져나와
금강하구둑을 건너자 바로 군산이었다.
낯선 익산을 왼쪽에 두고
조금 멀리 있는 전주를 바라보았다.
한 모금 술도 입에 대지 못하는 나에게
'어이, 한 잔 걸치고 가' 하며
와락 덤벼들 것만 같은
그의 환한 얼굴이 떠올랐다.
마시지 못하는 술을 강권당하더라도
그의 유혹에 빠져들고 싶은 마음을
바쁜 시간이 밀어붙이고 있었다.
그 작은 여유마저 누리지 못하게 하는
현실의 안타까움을 곱씹으며
어느새 몸은 호남고속도로를 접어들고 있었다.
어리까지 따라오며 부르고 있는 그에게
무어라 변명 같은 말 한마디 건네지 못하고
뒤돌아서서 눈길 한 번 더 주지 못했다.

언제고 또 만날 텐데 뭘 그래
그때 욕 한 사발 먹으면 되는 거고
그래서 만나야할 구실도 생기는 거 아냐?
쓰잘 데 없는 자위로 마음 추스르고 있었다.

이 외수

숨 막히게 뜨거운 찔레꽃
환한 향기에 젖고 있는 외수가
흠씬 취했다.
여름 내내
흐린 세상을 위하여
가늘게 실눈을 뜨고,
녹슨 장미넝쿨 위를 걷고 있는
외수가 위태롭다.
끔찍했던 그라나 반짝이는 시간은
자꾸 뒤로 밀려나가고,
누에처럼 그가 자아내는
은유의 실은 순결하다.
살아있는 머리칼
또는 가슴이 따뜻한 날의 꿈꾸기
그 작은 부끄러움마저 견디기 어려운
지금은 생애의 기쁨인가, 아픔인가.
허공으로 몸을 뒤채는 바다 멀리
흐린 세상을 건너는

한낮의 외로움이

투명한 햇살에 갇히고 있다.

까닭도 없이

눈먼 그리움으로 삭아서

조금씩 아주 조금씩

증발하고 있다.

이 화주

늘 화장기 하나 없어도
어디 허술한 틈 하나 보이지 않는
그 앞에서
밤하늘에 반짝이는 별들도
잠시 숨을 죽이지만
쉴 새 없이 조잘거리는
'기선이, 호철이, 형우, 미경이' 같은
아이들은 안 그런다.
왜냐하면
할머니, 할아버지 앞에서 응석 부릴 때보다
엄마 아빠에게 매달려 떼를 쓸 때보다
눈길만 서로 마주 해도
짜릿하게 통하는 마음이 있기 때문이다.
밤하늘에 별들이 영원하듯
통하는 마음의 씨가 싹터 꽃피는 일도
똑 그럴 것이다.
아무리 세월이 흐르고 나이 들어도
그는 영혼의 꽃밭 일구는 시인이다.

*' '안은 그의 시집에 나오는 아이들 이름임.

임 동윤

참, 많은 세월이 갔다.

터질듯 팽팽하고 깔깔거리던 날이

곧 어제 같은데 그새 바람 잘 날 없었고,

찬 비 맞으며 아프기도 많이 아팠다.

아마 그럴 수 있었다면

그때 몸도 마음도

몇 번이고 차곡차곡 개어서

옷장 가득 젊은 꿈으로 환하게 채웠을 것이다.

빛나는 날의 그리움이나 안고

서성이지는 않았을 것이다.

허무의 물을 켜며

시간 죽이지도 않았을 것이다.

그러나 어떠랴,

질기게, 질기게 시를 쓰며 놓지 않고

예까지 왔고,

좀 헐렁하게 구겨져도

괜찮을 이 나이까지 왔으니

그리움도 아름다운 날까지 왔으니

정 주연

때로 턱을 괴고
시간 가는 줄도 모르는 채
꿈꾸던 일 아름답고,
꿈꾸며 아득히 기다리는 시간
더 아름다웠는데,

팍팍한 날이면
티 없이 맑은 마음으로
환히 밝히던 꿈이 위안이었고,
가만히 그 안으로 들어가
그네 타면 행복했는데,

하루하루
무심하게 쏟아지는 햇살들
가닥가닥 가려서 올을 세던
한 세월 머리카락도
어느새 희끗희끗 은빛인데,

그 오랜 꿈 모두 어디 닿았을까?

조 성림

속까지 훤히 내비치는
성근 옷을 걸치고도 덤덤하다.
그는 호수 건너, 산 너머 하늘까지
풍경이란 풍경은 다 가슴에 품고,
아무 말이 없다.
그의 앞에서는 가늘게 일던 바람도
묵언수행 중인지 요지부동이다.
그렇다고 바싹 긴장하거나
너무 겁먹지 않아도 되겠다.
일찍이 노자가 그러지 않던가
가장 훌륭한 덕은 물 같은 거라고
좀 과하다 싶으면 어느새 모자란 것이
세상일 텐데
생각 없이 꼬집고 비튼다고
모두 다 매끄러울 수 있겠는가?
마음에 어설프거나 미심쩍은 게 있다면
망설이지 말고 그와 딱 한잔 걸치며
밍밍하게 취해 볼 일이다.

조 영수

지금은 길이 확 터져서
옛날의 약사리 고개는 없는데
거기서 낡은 사진첩을 꺼내 펼치던
한 줄기 바람과
대학 교정의 잔디밭에 길게 엎드려
두 손으로 턱을 괴고 흥얼거리던
'빨간 구두 아가씨' 가 꿈만 같다.
그때 그 시절 기억 속의
해맑은 미소와 환하던 눈빛은
어느새 재처럼 삭아
하얗게 내려앉았는데
적막한 누구는 몸이 아프고,
또 분망한 누구는
마음에 병이 깊다는 소식이
몇 번 바람에 묻어서 대관령을 넘다가
희미하게 지워지고 만다.
들판의 꽃 향기처럼
단아한 그의 시어詩語들 속에서

* '빨간 구두 아가씨'는 60년대 유행하던 노래

최 돈선

아주 오랜 기억의 끝에서도
그는 잊혀지지 않고,
아주 조그만 풀꽃의
보일 듯 말 듯 한 부끄럼으로
그는 떠오른다.
바람 부는 날에도
그의 햇살은 해맑고
늘 따뜻하다.
물들지 않는 눈빛으로
그가 하늘을 바라볼 때
가슴에 칼을 품고
도려내는 상처마저
포근한 그리움의 물살로 번지고
마침내
그의 순결한 종소리가 울린다.
깃털처럼 부드럽고 그윽한
종소리에 닿으면 감전되듯
우리는 순결한 그 무엇이 된다.

한 기억

꿈은
아직도 환한 물빛으로 촉촉하고
귓불을 간질이는 봄날 햇살처럼
부드럽고 따사로운데
어쩌자고 또
밤이면 밤마다 수줍은 달빛에
그리움을 헹구는지
때도 없이 옹알옹알 투정인지
건너 건너 호오하고 한숨을 내쉬는지
도무지 까닭을 모르겠다고
깊은 산골짜기에 피어 있는
함박꽃이 혼자 웃는다.
어쩌면 몰래 혼자서 사랑을 품고
어쩔 줄 모르는 아이처럼
아뜩해 하는 건 아닌지
바람 잔 하늘에는
무심한 구름이 하얗게 떠 있다.
꿈처럼

허 림

서툴게 '노을강에서 재즈를 듣다' 가

한동안 노을에 갇혀 질척거렸다.

재즈로는 어쩌지 못하는

어쩌면 또 다른 입맛 같은 거

그 때문이었을 것이다.

그렇게 밖으로 한참을 떠돌다가

괜한 한눈을 팔다가

다시 '어머이, 할머이' 품으로 돌아와

'울퉁불퉁한 말' 을 울구고 있다.

핏줄이 그런 것처럼

꼭 산이면 산, 강이면 강으로 이어져야 하는지

아직도 분간이 어렵기는 하지만

마지막 그리움 하나까지 비우고

더 내려놓을 게 없는 빈 몸이 되어

깜깜한 하늘 바닥을 더듬고 있는

그의 영혼이

거기서 건져 올리고 있는 세월의 흔적이

아주 따뜻하고 포근하다.

*' '안은 그의 시집과 시에서 따옴.

허 문영

약학은
약리를 다루는 엄정한 일인데
그의 방에 들어가면
정작 약은 보이지 않고,
사방 벽에는
시가 그림과 음악과 함께
나란히 걸려 있다.
조금씩 사유의 나이를 먹어가며
시는 그들과 경계를 허무는데
그것이 때로는
거친 벌판을 지나가는 눈보라로
아주 오랜 바다의 깊은 숨소리로
먹먹한 가슴을 적시기도 하고,
노을에 뜨는 종소리가 되어
세상 은은하게 물들이기도 한다.
그러니까 또 다른 세상 문을 열고 있는
그의 시는
어느새 치유의 약성에 닿아 있다.

황 미라

누군들 지난 세월의 굽이마다
때 늦은 후회나 미련 같은 것들
묵은 때처럼 끼고 있지 않을까만
어떤 생은
금방 빨아 널은 빨래처럼
풋풋하고 깨끗하다.
더러는 저녁 바람에 눅눅하게 젖어서
오슬오슬 떨기도 했을 테고,
영 풀리지 않는 매듭에 치여서
마음에 상처를 깊이 묻기도 했을 게다.
그렇게 하나씩 나이를 더해가는
끔찍하고 엄정한 시간에 갇혀서
속절없이 종종거리기도 하다가
벌컥벌컥 허무도 켰을 텐데,
끝내 놓지 않고 있는 꿈
오늘도 한 바늘, 한 바늘 뜨고 있는 것은
찔레꽃처럼 희고 맑은 외로움
그 뜨거운 불길 때문일 게다.

제 3 부

영혼을 적시는 물빛

길 종갑

앉아서 기다리느니
깜깜하게 헤매더라도
먼저 찾아 나서기로 한다.
어디 묻혀 있어야 할
거친 오방색 또는 쑥색 같은
수줍은 부끄러움을
시린 물에 헹구고 있는
뼈의 오랜 시간을
조금씩 조금씩 헤쳐가며
결코 어떤 경계도 그을 수 없는
내부로의 미친 열정으로
아무도 닿지 않은 섬을
그 섬에 부는 바람을
앉아서 기다리느니
먼저 찾아 나서기로 한다.
일상으로 많이 본 듯한 풍광들
아주 낯설게 비틀면서
촘촘히 다시 일으켜 세우면서

김 명숙

나무 가지에서

연둣빛 잎이, 분홍 꽃망울이

숨 가쁘게 머리를 내밀 듯

겹쳐 있는 몇 겹인가의 시간이

한꺼번에 얼굴을 내민다.

때깔과 빛깔이

아련한 형태 속에 오롯이 살아나

영혼의 투명한 소리를 내며

지금 바깥세상을 내다보는 것이다.

무심하게 지나간 시간이나

사물은 결코 없다고, 없다고

뻗은 뿌리 하나까지

촘촘하게 일어서고 있는

저 뜨거운 아우성들

가만히 들여다보고 있노라면

푸른 혈관이 다 드러나는 또 다른 우주

제 살과 뼈를 보듬어 안고 있는

잠들어 있는 꿈이 보인다.

김 성호

지금도 너는 어디서
지나가는 바람소리에 흔들리고 있느냐?
여태 아무 소식 없던 휴대전화가
오늘은 몇 번인가 부르르부르르 떨고 있다.
그때마다 나는
저 아득한 광야에 갇힌 들풀이 되어
가늘은 바람소리에도 귀를 세운다.
어쩌면 한세상
먼 발치로 잠깐 머물다 가는 것인데
하루하루 막막하기나 하고,
벌리는 일마다 버거운 것인지
누구나 모두 그런 건지 어쩐지 모르지만
음악이라는 식탁 위에
시린 달빛을 빗질해 쌓아올리고 있는
사랑을 영원으로 노래하고 있는
네가 보고 싶을 때가 있다.
영혼을 헹구는 그리움이 말간 것처럼
문득문득 네 소리에 빠지고 싶은 때가 있다.

김 풍기

새로 저술한 한시의 품격을 건네며
가볍게 한번 읽어보라고 써 준
일소(一笑)의 소(笑)가
마치 웃고 있는 사람 얼굴처럼 보여서
나도 모르게 미소 짓고 말았다.
그러다가 과연 나는
그가 바라는 대로 책장 훌훌 넘길 수 있을까?
하는 생각이 들었는데,
그 순간 죽비를 맞은 것처럼
등줄기가 서늘하고, 머리는 지끈거렸다.
아무리 겸양이라고는 하지만
일소라는 한 마디가 너무 겨워서
그 뒤로 한동안은
'조선 지식인의 서가를 탐하다.' 가
'삼라만상을 열치' 기도 하고,
'옛시에 매혹되' 기도 하고 그랬다.
그때마다 그는 내 등 뒤에서
천진한 개구쟁이처럼 벙글거리고 있었다.

*'한시의 품격'과 ' '안은 그의 여러 저서 이름에서 따옴.

노 화남

한 낮을 가르는 제재소 톱날소리에
나는 무엇인가 자꾸 자르고 싶다.
하릴없는 감자 꽃으로 피어서
자줏빛 씨 한 톨을 맺지 못하는
오늘은
목마르게 사랑이 그립다.
일렁이는 햇살 사이로
언뜻언뜻 비쳤다 사라지는
시간의 조각 같은
단 한 권의 시집조차 묶지 못한
나는 시인이었을까.
거울을 바라보면
거울 그 안쪽에서
그가 언제나 실실 웃고 있다.
미련퉁이 내가 딱하단 듯이
그러나
두 눈 똑바로 뜨고
그가 쳐다보지 않는다고 하여

결코 소홀해서는 안 된다.

어쩌면 하늘을 날고 있을 학鶴

목이 긴 만큼 사려도 깊은

그가

이제 마악 은유의 한 발을 내딛고 있다.

그것도 아주 조심스레

민 성숙

기압이 낮은 높은 산에 올라
밥을 지어본 이들은 안다.
미처 쌀알이 다 익기도 전에
밥물이 먼저 설설 끓어오른다는 걸
꼭 그와 같이
누가 성급한 일에 휘둘리다가
열 받아 병이 났나보다.
달군 쇠를 기름에 풍덩 넣어
담금질할 때처럼
단내 풍기며 쉭쉭거리는 걸 보니
아프기도 퍽 아픈가 보다.
늘 음악은 음악으로, 교육은 교육으로
밝은 세상 열겠다고 뛰어다녔는데
그게 다는 아니었던 모양이다.
아직도 절벽 앞이거나 벼랑 위
그 어디쯤에서
더듬고 두드려서 확인하며 가는 길이
더 많이 뜨겁고 끓는 걸 보면

박 명환

이리저리 날고 있는 허공 어디에도
길이었던 이전의 무슨 흔적이나
어떤 낌새 같은 것도 남지 않았는데
호랑나비는 도시의 울퉁불퉁한 공간에서
어떻게 길을 찾는 걸까?
단지 무지막지 내닫는 걸까?
흔히 이런 의문에 빠질 수 있겠다.
그러나 꽃보다 더 난해한 무대 위에서
떡하니 자리 잡고 앉았을 때는
싱거운 헛기침만 날리다가도
어느새 이글거리는 숯불이 되고,
곧잘 우지끈 부러지다가는
봄바람에 살랑이는 실버들인 걸 보면
많이 헛짚었다는 걸 알겠다.
어쩌다 배신이라는 소리에 두 주먹 불끈 쥐는
민낯인데다 꼭 혼자 내보낸 아이처럼
아슬아슬 할 때가 있기는 하지만
여전히 맑고 여린 영혼이다.

박 성호

작은 모닥불이 있다.
누구는 그게
언 발 녹이고 있는 아이들,
재잘거리는 소리로 들리고,
또 누구는 그게
일상의 외로운 때를 벗기는
시간의 잠쯤으로 보이지만
제 살을 발라 빛을 내는
무섭고 뜨거운 결기가
여기 있다.
세상은 흔히
아무 관심도 없다가
제게 필요한 빛과 온기를 좇는
두 얼굴로 다가오지만
그런 불편한 아픔에도
말은 가슴에 묻은 채
뜻으로 승부하는 모닥불이 있다.
여기 활활 타오르고 있다.

백 정현

세상의 소리마다에는 소리의 마음이 있다.
그 소리의 마음을 모아서
또 다른 생명의 길을 여는 것이
음악이지 싶다.
그 길을 가다 보면
소리의 먹먹한 사연이거나
뼛속에 스민 마음의 결정들 만나게 되고,
운명처럼 만나서
다시 하나하나 헹구게 되고,
마침내 환하게 내다 널고 있는
그의 손은 희고 섬세하다.
희다 못해 엄숙하고 경건하다.
혼자이고, 모두이며 끝내 혼자인
외로움을 거느리고 저만큼 앞서 가는
그가 그립다. 그의 소리가 보고 싶다.
오늘은 음악이 음악만으로는
뭔가 부족한 또 다른 무엇이 있는지
자꾸 목이 마르다

백 형민

그는 춤꾼이다.

춘천의 유일한 춤꾼이다.

우리 춤에 관심이 있다면

서양의 춤과 어떻게 다른지

정말 관심이 있다면

무엇보다 그가 내딛는

발끝과 발뒤꿈치부터

주의 깊게 볼 일이다.

발끝부터냐, 뒤꿈치부터냐가

무슨 큰 차이일까만

그의 춤사위는

하나에서부터 열까지

모두 완벽하려 하는

한 동작마다 내면에 닿고자 하는

뜨거운 욕망으로

흥과 한을 아우르고 있다.

그만큼 욕심 많은 춤꾼이다.

그러면서도 늘 영혼이 자유로운

변 우식

짧은 햇살이
잠깐
가는 손가락 끝에서
괜히 부끄러워
구겨지고 있을 때
세상은 너무 무거워
저 빈 하늘로
거꾸로 매달릴 것 같다.
사실은 점이나 선이나 면이
어떤 형태로, 색깔로 묻어나서
우리의 기쁨이나 슬픔으로
마지막 사랑으로
다시 돌아올 수는 없지만
사람 냄새가 나는
사람이 그리울 때면
뜨거운 눈물처럼 무슨 맥놀이처럼
젖어 오는 게 있다.
젖어서 가득한 게 있다.

송 창언

그 먼 길을
어떤 소리 하나 흘리지 않고
앞만 보며 그저 뚜벅뚜벅 걸어서
예까지 왔다.
어쩌면 누구에게나
보이지 않는 벼랑이나 폭탄같은
평생 등에 지고 가야 할
탑처럼 모시고 가야 할
짐 하나쯤 있을 것이다.
하얀 뼈가 드러나서
그 뼈가 다시 다 삭도록
남의 일이라고만 할 수 없는
업 같은 것도 있을 것이다.
그 통곡 같은 세월의 끝
저 먼 산에
촘촘하게 박혀 있는 나무들 뿌리처럼
질기디질긴 뿌리처럼
누가 혼자 함께 있다.

신 대엽

그의 집 뜰 한쪽에는
사철 대나무가 푸르게 서 있는데
바람이 일면 이는 대로
햇살들이 일렁이는 바람결 따라
마당 한가득 놀러오기도 하고,
때로는 울밑으로 이름 모를 풀벌레들이
슬금슬금 모여들어
서로 다른 빛깔의 소리를 내다가
잠깐 묵상에 들기도 한다.
그러니까 댓잎 부딪기는 소리에
작은 영혼의 얼룩도 말갛게 헹구며
그가 그리고 있는 세상은
바람, 햇살, 풀벌레 같은 것들이 엮어내는
세월의 꼼꼼한 흔적이기도 하고,
시린 일상을 물빛으로 자아올리는
투명한 음악이기도 하고 그렇다.
보이지 않는 나비 떼가
온 하늘 다 덮고 있는 것처럼

신 라라

누가 흔들의자에 앉아
무료하니 흔들리고 있을 때는
먼 풍경 속 하늘마저 텅 비어 쓸쓸하고,
건성으로 따라 흔들리기나 하고,
언제 어디서 불지 모르는 바람은
기척 없이 불안하고, 모호하고
그러나 세상 무관한 장미꽃은
지금 한창 붉고,
빠르게 세상 훑는 계곡의 물은
아니마풍의 노래처럼
더 먼 광야 저쪽으로 달려 나가
말간 영혼의 소리로 떠오르는데
더 먼 광야의 하늘 쪽으로
길게 길게 목을 빼고
이미 기쁨과 슬픔을 벗어난
풀꽃 하나 괜히 보채고 있다면
그것은 완벽주의의 비극일까?
보이지 않는 욕망의 뜨거운 불길일까?

신 철균

그의 산은
아무리 깊고 높아도
촉촉하다.
점으로 찍을 때나
선으로 그을 때나
무겁게 먹물 흠뻑 입혀도
무슨 천성처럼
아늑하고 따뜻하다.

그와 함께
그의 산으로 들어가면
사방 널린 풀과 나무와
첩첩한 바위를 감도는
마지막 바람까지
오랜 그리움을 일깨운다.
그와 함께 살아온
깨끗한 세월의 흔적으로

산이 곧 그다.

우 예주

가까이서 마주하면
그는
뜻밖에도 아주 작다.
그러나 작은 만큼
순결하고 폭발적이다.
그런 힘의 근원은
유연한 뼛속으로부터 빛나는
그 무엇이다.
어쩌면 저 먼 북구의
어느 작은 거인처럼
눈보라를 헤치는 뜨거운 갈증이고,
끝없는 갈증으로 자아올리는
청량감이고,
거대한 물결로 넘실거리다가
마침내 소름 돋게 하는
지극한 영혼이다.

원 태경

싸리나무는

키 작고, 줄기는 가늘지만

척박한 땅 비탈에서도 잘 자란다.

그 꽃은

한여름 내내 맑은 꿀을 내며

벌을 키우고,

어떻단 내색도 없이 진다.

가늘고 긴 줄기는

잎이 다 진 뒤 속이 단단한

몸의 탄력을 써 달라고

세상 깨끗이 해 달라고

한 자루 허름한 마당비가 된다.

그렇게 빈말이 아닌 잎이며 꽃과 줄기는 줄기대로

또 줄기의 껍질은 껍질대로

소외된 구석구석 찾아다니며

어둠을 밝히는 빛이 된다.

결코 요란하지 않은

싸리나무는

유 병훈

그는 거구다

그의 앞에 마주서면

부유하는 세상의 흐린 물상도

아주 단순하고 확연한 기호로

변신하고,

마침내 세상은

점 하나로 존재한다.

거구에서 분출하는 다혈질이

맑고 섬세한 근원 의식과

은밀하게 만나고 있을 때

야성은 불꽃으로 튀고

쏟아지는 폭우가 되어

우리의 오감을 압도 한다.

이때 각별히 경계하지 않으면 안 된다.

비 그친 뒤 불어올 시원한 숲

바람소리를 즐기려면

눈이 멀어선 안 되기 때문이다.

그는 거구다.

이 광택

그리운 것들은
모두 다 달빛에 어리어 흐른다.
자욱하고 부드러운 안개처럼
휘휘 저어도 걸리는 게 없는
아득한 외길 따라
실낱같은 시간은
아주 느리게 느리게 가지만
어느새 닿는 마음속
고향 집
작은 방에서 두런거리는 소리가
울 밖까지 환하게 흘러나온다.
그게 꼭 꿈결 같고,
말갛게 돋는 새살처럼
어린 날의 기억들로 선연한데
정작 복사꽃 그늘 아래
조그맣게 들어앉아 코를 골고 있는
그리운 가족들 아주 조그맣고
숨어서 기우는 달빛은 혼자 외롭다.

이 형재

눈이 하염없이 눈이 쏟아지는 날은
큰 방에 홀로 앉아 다글다글 끓는 찻물 소리에
깊게 빠질 일이다.
온전히 젖어서 물빛으로 번지는
깊은 가을 하늘이다가
더러는 들뜬 봄날이다가
온 산 다 덮고 있는 안개 속을
헤매고 또 헤맬 일이다.
끓고 있는 세상 일이
어디 찻잔 속 어리는 고독뿐이겠는가?
무심한 시간에 걸리는 고요뿐이겠는가?
오래 손때 묻은 얼룩들
세월의 큰 방으로 하나 가득 차서
무슨 바람처럼 우우우 달려가는데
몸은 바위처럼 움쩍 않고,
마음은 어느 하늘에 닿아 있다니
오오, 눈 쏟아지는 날은
더 깊게 깊게 빠지고 볼 일이다.

정 두섭

얼굴이 검은 그가
살이 뽀얀 백토를 만지며
살고 있다.
그 희고 부드러운 살의 맛을
아는 순간
벌써 세상 다 얻은 것처럼
마음을 끓게 하는
뜨거운 마력에 감전되었다.
그 깊은 병은 불치다.
그저 흙만 다루면
다 될 줄 알았던 그가
지금 백토라는
양구의 어느 성에 갇혀
보석처럼 반짝이는
신비를 하나씩 다듬어서
확실하게 캐고 있다.
아주 행복하게
그리고 끝끝내 그럴 것이다.

정 현우

아무리 사방 둘러보아도
사람 하나 보이지 않는 적막강산인데
희디흰 눈은
흉하고 부끄러운 마음까지
다 덮어보려고
내리고 또 내리나 보다.
빈 벌판의 시들어 마른 풀줄기도
비탈 위의 무거운 바위도
추운 모습 보이지 않으려고
내리는 눈 그대로 다 맞고 있나 보다.
아득히 외진 산골에
낮게 들어앉은 집 한 채
거기 누가 혼자 앉아서
사나흘 밤낮없이 불붙는 화주를 홀짝이는지
독한 바람이 덧문을 두드려도
기척이 없다.
희끗희끗 눈발만 날릴 뿐
고적한 시간만 쌓이고 있을 뿐

조 병국

타는 갈증 때문에
마른 사막을 찾아 헤매는
목마른 영혼이 있다.
많이 늦은 나이에 눈을 떠
더 뜨겁고 집요한
이 별난 꽃은
궂은 비바람에도
길은 오직 하나뿐이라고
천둥벌거숭이로
사랑의 순결에 목을 맨다.
어쩌자고 험한 것도 개의치 않고
무모가 무모를 넘어선 것처럼
더 먼 둘레 길을 돌아서
영원이 넘실거리는
시간의 푸른 고래가 된다.
타는 갈증 때문에
언젠가는 들어서야 할 집 기둥을
하나씩 세우고 있다.

최 영식

아무리 깊은 밤이라도 그의 귀는 열려있을 것이다.

바쁘게 바쁘게 흘러가는

여울물 소리를 듣고 있을 것이다.

그리고 무엇이 그리도 바쁜지

왜들 그렇게 툴툴거리는지

도무지 알 수 없는 어둠 속에서도

그는 오히려 수줍기만 하고,

홀로 깨어서 뒤척이는 시간이 부끄럽기만 하고,

그래서 그는 묵은 책을 뒤적이기도 하며

살아가는 일을 곰곰 헤아리기도 하며

가도 가도 끝이 없는 밤길을 가고 있을 것이다.

그러나, 아는가

소쩍새 우는 이슥한 시각에

계곡으로 언뜻언뜻 퍼지는 찔레꽃

희고, 뜨거운 향기를

아마도 우리에게 전생이 있다면

그는 한 마리 소

경 실은 수레를 끌던 한국의 소였을 것이다.

최 종남

그의 안경알에는 닦아도 닦아도 어눌한
세상살이의 이끼가 돋는다.
어디론가 떠나고 싶은
눅눅한 날들이 빠르게 가고,
바람 부는 풀밭에
가엾은 그리움이 한데 모여
풀뿌리를 끌어안고 쓸쓸히 잠든다.
나는
이제 어디로 떠나야 할까.
무심한 세상은
깊고 푸른 강물로 넘실거리는데,
닿을 데 없는 바람이
아득한 는개 속으로 잦아든다.
모든 지난 날은 아름답고,
이제 알몸으로 부딪치는
작은 일들이 견디기 힘든 날
가장 사람 냄새가 나는 한 사람이 그립다.
오래도록 지워지지 않는

함 섭

아무도 눈뜨지 못한 세상 어디쯤
바람 부는 대로 꽃은 피고,
더러는 추월 타는 흐린 세월의
때 낀 얼룩도 지겠지요.
내 친구 함 섭은
그 미세한 얼룩도, 지저분한 때도
하나 놓치지 않고, 아름다운 흔적의
생명으로 불어 넣는
환쟁이지요.
잘 익어 군침 돌게 하는 막걸리처럼
전래의 풍요와 신명에 취한
어쩔 수 없는 토속 환쟁이지요.
내 친구 함 섭은
태생이 강원도 춘성군 동내면 사암리
아주 순수한 촌놈이지요.
누가 뭐라 해도 막무가내
제 길로만 가는 뚝심을 나는 누구보다
환히 꿰뚫고 있지만요

친구로도 너무 오오래 너무 가까이서
함께 뒹굴다 보면요
신선하고 황홀한 것도 얼마쯤은
지워지고, 닳아지게 마련인데요.
결코 흔들리지 않고 나아가는 황톳빛
벌거숭이 같은 그의 땀방울 속에서는
질곡의 깊은 어둠도 보석이 되고요
마침내 생명의 시원始原 같은 거
질기고 거친 뿌리 같은 거
모두 두드려서 따뜻하게 우려내지요.
그러니까 내 친구 함섭은
어쩌지 못하는 태생이 환쟁이지요.

황 효창

밤새 술을 들이키다가
새벽녘, 오페라 문 앞에서 그가 곤하게 잠들어 있다.
쪼그린 채 잠든 그의 겨드랑이에
투명한 날개가 돋는다.
키 작은 그의 광대들이
그 날개를 조금씩 뜯어내어 나누어 달고
자욱이 안개에 갇힌 도시
칙칙한 빌딩 사이를 배회하듯 유영한다.
지난 날들의 흔적을 지우며
안개 속에서 흐린 풍경이
양철 지붕처럼 녹슬고 삭아 마침내 함몰되어도
그는 끄떡하지 않고,
여전히 깊은 잠 속에서 턱을 괸 채
흐르는 시간의 실체를 물끄러미 내다보고 있다.
그리하여 그가 그리는 세상은
슬픔처럼 순결하고, 가득하고
끝내 따뜻하다.

* 오페라는 춘천에 있는 카페를 이름. 광대는 그의 '꼭두각시와 삐에로'를 함의하여 쓴 것임.

제 4 부

감자꽃 깊은 향기

공 진향

젊어서 나는 장자를 읽다가
쓸데가 없어서 베이지 않은 나무와
쓸데가 없어서 죽게 된 기러기를 만났다.
그때는 생각만으로도 무엇이나 척척 이루어지는
만만한 세상이 아니라는 걸 미처 모르고 있었다.
그래서 어떤 일에서나 괜한 쓸모를 앞세우며
베이는 나무나 기러기가 되지 말아야 하겠다고
쓸데없는 다짐을 하곤 했다.
점점 세상이 누구에게나 똑같지 않고,
세상 어느 누구도 역시 똑같지 않다는 걸
어렴풋이나마 더듬게 되었어도
여전히 팍팍하다는 소리나 듣고,
더러는 퍽 마뜩잖다는 눈총을 받았다.
이제 와서 다시 생각해 보니
오글거리는 그대로가 세상이고
그 세상에 사는 사람들 일이라는 생각이다.
봐라, 봐라, 지금도 나는 나고,
여전히 그는 그 아닌가?

김 남섭

생각나서 바다 쪽으로 고개를 돌리면
거기 잠들어 있는 쪽빛
그 위에 누운 고요가
반 근
그 고요 위에 걸터앉은 외로움이
또 반 근
그 무게만큼 여윈
두 어깨가 많이 가늘다
빈 가지에 우두커니 앉아 있는
작은 새 한 마리처럼
하늘에 그저 떠 있는
무심한 구름처럼
생각나서 바다 쪽으로 두 귀를 세우면
시간이 무슨 그리움처럼
거기서 들썩인다.
들썩이는 소리의 빛깔
하나까지 다 들린다.
그만큼 외롭고 외로운가 보다.

김 명호

아무도 관심두지 않는 곳에
혼자 뿌리내리고,
누가 뭐라고 하기 전에
벌써 알아서 가지를 뻗는 나무가 있다.
그러니까 누구보다 먼저
잎을 피우고, 꽃을 피우며
새들과 함께 놀다가
누구보다 먼저
의문에 빠진 나무가 있다.
어느 날은
높은 산봉우리 끝까지 올라
거기 걸려 있는 구름을
이리저리 헤치다가
그게 단지
안개 속 허공이란 걸 알게 되었을 때
사려 깊고, 침착한 나무는 생각한다.
영혼을 담은 일은 뭘까? 하고
아무도 관심없는 생각을 한다.

김 순이

바람 불면 부는 대로
흔들리고,
비가 오면 오는 대로
하염없이 젖으면서
곤한 세월 다 보내고,
아직도 그대는
수줍은 듯 촉촉한 물빛이다.
물빛에 어리는 꿈 많은 날의
환한 꽃이다.
영혼이 맑아서
여린 새순처럼 순하게
때로는
박하 향기처럼 싸하게
번지는 총기가 또렷하고,
멀리까지 촘촘하다.
천천히 오르는 계단처럼
적당하게 숨이 차고,
많이 따뜻하다.

김 영배

사랑하여 푹 빠졌던
아이들이 다 자라서 훌쩍 떠나버리자
환한 대낮인데도
교실이며 운동장까지 온통 허전하다.
정작 달라진 게 하나 없다는 걸
누구보다 잘 아는 그가 괜히 허전해서
여기저길 기웃기웃하다가
구석에 핀 꽃이 아이들인가 싶어
마침내 아이들 영혼을 닮은
들꽃을 찾아 나선다.
닿는 곳마다 맑은 물과 푸른 바람이
은밀한 마음을 들키기라도 한 것처럼
졸졸거리며 술렁이고,
조그맣게 눈을 뜨고 있는 풀꽃들이
말끄러미 쳐다본다.
물과 바람과 꽃들이
처음부터 거기 있었던 것은 아닌데
꼭 그런 것처럼 거기 있는 것이다.

김 옥기

이제 또 뭐라 해야 할까?
하늘이다가, 구름이다가, 바람이다가
후딱 지나간 꽃 같은 시간 속으로
가만히 두 손을 담궈 본다.
환하게 저리고 시린 속에서
수줍고 부끄러운 저 바닥까지
모두 다 들여다 보았으니
이제 더는 뭐라 해야 할까?
닿을 수 없는 저 먼 거리까지
나앉은 영혼의 외로운 머리칼 사이로
오늘은 또 어쩌자고
희디흰 눈이 쏟아지는지
어느 흐린 늪으로 가서
자라풀 같은 물풀이나 심으며
늪 바닥에 가라앉은 고요나 건지다가
깜빡 잠이라도 들게 되면
그때 누가 깨워주기는 할까?
어쩔까 몰라

김 은삼

바다는

두런두런 쏟아지는 햇살과

희끗희끗 흩날리는 눈보라가 만나는

아주 짧은 시간의 오랜 기억이다.

그 숙명의 바다 위로

실타래처럼 쏟아지는 빛의 가닥들

넘실거리는 욕망들

하나씩 길어 올려서 널고 있는 사이

아이들은 몰라보게 커서

먼 초원으로 내닫고,

뒤뚱거리며 뛰어 가던 천진함도

까르르 웃어주던 환한 웃음소리도

아련한 꿈속의 꿈으로 넘실거리는데

여전히 바다는

두런거리는 햇살과 흩날리는 눈보라가

끊임없이 만나는 짧은 시간의 오랜 기억이고

펄떡 거리는 생명의 시원이다.

한결 같은 영원이다.

김 주현

하늘에서 별들이
밤 새워 반짝이고 있을 때처럼
낮게 허리를 굽히고
아주 오래오래 바라보고 있어야
비로소 환하게 피는 꽃이 있다.
가까이 귀를 대고 있어야
또각또각 우주를 굴리고 있는
심장 소리를 들려주는 꽃이 있다.
이 희귀한 꽃은
그 흔한 욕심도, 무슨 부끄러움도 없이
환하고 깨끗하다.
그런데 어쩌자고 사람들은
꽃을 꽃으로 보지 않고,
산이니, 바다니, 허허 벌판이니 하며
까탈 부리고, 드잡이하려 드는지
세상, 아무리 생각해도
까닭을 모르겠고 머리가 어지럽다.
꼭 허공을 떠도는 것처럼

서 경범

누가 이름 하나 없이 헤매고 있으면
단지 마음이 저려서
무슨 이름 하나 붙여주고 싶고,
혼자 흔들리고 있는 여린 마음을 만나면
거기 외로움에 입 맞춰 주고 싶고,
또 누가 걸친 것이 없으면
입고 있는 옷 훌훌 벗어주고 싶은
벌거숭이 나무가 있다.
눅눅한 안개 속에서도
따뜻한 마음의 등을 밝히고 있는
수줍은 꽃도 있다.
험하고 험한 세상에서
그런 나무와 꽃들이 있어서
거친 비바람이 몰아쳐 와도
잘 버티고 있다는 걸
정작 알아야 할 사람들만 모르고 있다.
세상에 보이지 않는 손이 있다는 것도
고마운 일이 고맙고 아름답다는 것도

서 명숙

약병 속에 가지런한 알약들이
병 밖으로 나오려고 하면
누군가 뚜껑을 열어서
한쪽으로 비스듬이 기울여 줘야하는데
엄격한 마음에 그것이 내키지 않는 일이라면
누구도 어쩔 수 없는 노릇이겠다.
약병 속 가지런한 알약이 아닌
세상에서는
더러더러 망가져 덜거덕거리면서
일마다 엉클어져 꼬이기도 하면서
모두들 괜찮아, 괜찮아 하면 괜찮기도 하고,
누가 잡아 흔들면 흔들려 주기도 하고,
그게 사는 일인데
늘 일탈과 모반을 경계하여
끝끝내 움쩍 않는 산이 있다.
아무리 있는 힘 다해 부르르 떨어도
대척 않고 한결 같은 산이 있다.
끝내 숭고하기까지 한

송 영숙

하얀 솜사탕 같은 함박눈이
무더기 무더기로 내린다.
이미 지상은 눈 덮인 고요로 환하고
또 가득하다.
어떤 무엇보다 먼저
마음이 따뜻한 사람들이
하나, 둘 모여들어서는
소리없는 소리로 등을 켜 들고
세상을 여는 묵언에 든다.
아주 어릴 적
광 속 옹이 구멍으로 비치던
한 줄기 빛에 홀린 시간이 그립고,
그 빛 속에서 부유하던 작은 먼지들
반짝이는 비밀이 황홀했던 것처럼
함박눈을 맞으며 묵언에 들어 있는 동안은
저 거뭇한 세월의 얼룩도
깊은 상처의 슬픔도
그의 목소리처럼 맑고 포근하다.

송 종화

키가 훌쩍 큰 나무
그 옆의
작은 꽃이 더 커 보인다.
오목조목한 잎은
뭉친 수국 같은데
때로 물든 빛깔이
동네를 환하게 한다.
앞뒤 분명하고,
똑 부러지게 야무지다가도
정작 엄정해야 할 때는
살짝 빈틈도 보이는
헐렁한 구석이
숨구멍처럼 따뜻하다.
마치 꽁꽁 언 두 손을
더운 물에 천천히 담굴 때처럼
조용히 번지는 그리움 같은
맑은 비누 향기 같은

신 미선

타고르의 기탄잘리를 읽는데
만나는 언덕마다 온통 낯설고
울퉁불퉁 구불구불하다.
마치 뒤뚱거리는 조롱말에 엉거주춤 앉아서
버벅거리는 꼴이다.
어느 후덥지근한 날
무섭게 쏟아 부을 것처럼
시커멓게 몰려오던 비구름이
정작은 몇 방울 후득 후득거리다가
부옇게 흙먼지나 일으키고 말 듯
질퍽거리기나 하는 내가
며칠째 한 모롱이를 돌지 못하고
엉거주춤 기웃거리기나 하면
그러면 그렇지 뭐 별거냐며
쟁그럽다는 듯이 누가 깔깔깔 웃는다.
그게 정말 웃음인지, 한숨인지
외로운 영혼의 속 깊은 뜻은
잘 모르겠다.

신 청균

속이 꽉 찬
저 나무를 무어라 해야 할까?
끝이 보이지 않는 벌판 같기도 하고,
벌판 가득히 수줍게 떠 있는
풀꽃 같기도 하고,
웃을 때마다
착한 구석이 다 드러나는
환한 욕망들 하며
촘촘하게 박힌 그리움은
또 무어라 해야 할까?
종일 보채고 있는 아이들
커다란 눈망울과 싸우다가
토닥토닥 잠재우면
언제 그랬냐는 듯 코를 골고 있는
순결한 평화를 들여다보다가
문득 오늘은
더 멀리멀리 보며 가야겠다고
느슨해진 신발 끈 다시 조이고 있다.

심 상희

이 세상에

가장 깨끗한 눈이 내릴 때

그리고 또 이 세상에

가장 이쁜 꽃이 피어날 때

빛나는 보석이 있다면

그게 뭘까 궁금했다.

어쩌면 눈보다 더 희고,

어떤 꽃보다 더 순결할까?

영혼을 맑게 헹구는 음악보다 환할까?

꿈속에서도 끙끙거리며 헤맸다.

괜히 설설 끓고 있는 맹물처럼

혼자 빈 손이 되어 허전했다.

그렇게 허전한 새벽이면

밤하늘에 총총하던 별들이

한꺼번에 쏟아져 내려와

풀잎 하나마다 투명한 이슬로 맺혔다.

저 하늘의 별보다 더 환하고,

어떤 보석보다 더 촉촉한 이슬이 빛나고 있었다.

윤 부섭

그저 씩 웃는다.
세상이 무슨 질긴 껍질처럼
바싹 마르고 영 딱딱해서
웬만큼 촉촉한 물빛으로는
감당이 안 되어도
마른 씨가 싹터서
꽃 필 기미가 보이지 않아도
그저 씩 웃는다.
흐린 눈발에 스산한 마음은
깊은 산속에 꼭꼭 묻어 놓고
아름다운 소리를 내는 악기처럼
엄마 품에 잠든 아기처럼
작은 보조개로 소리 없이 웃는다.
참 포근하고 은은하다.
그 웃음 속 사랑을 먹으며 아이들은
저희끼리 옹알옹알 꽃도 피우고
저희끼리 초롱초롱 꿈도 꾸며
어느새 몸도 마음도 큰다.

윤 상원

한 십년 너머 세월이 흐르고
또 한참을 잊을 만큼 더 지나서
그가 있던 자리로 돌아가 보면
거기 그의 꽃이 있던 그대로
멀쩡하다는 것은 기이하다.
무엇이나 빠르게 잊혀지는 시대에
엉뚱한 무슨 유물 같다.
그만큼 고풍이라고 생각하겠으나
결코 진부하지 않고 분망하다.
맑은 향기까지 배어 상쾌하다.
그 길을 죽 따라가 보면
모르는 언덕, 가파른 비탈에서
소리 없이 피는 꽃이 있고
등대처럼 언제나 흔들리지 않는
마음의 빛 같은 것이 있어
사는 것이 아름답다.
도무지 나는 그게 서투르면서도
가끔 거기 나를 끼워 넣고 싶다.

이 교섭

왜 세상에
찬바람이 모질게 부는 날이나
비가 뿌려 질척이는 날이 없겠는가
또 가다가
된 비탈에 숨 하나 안차고
땀에 젖지 않는 일이 있겠는가
험하고, 버거운 세월에도
가만히 혼자 웃는다.
누가 봐도
참 환한 물빛이고
포근한 햇살이다.
곤한 마음을 걸어두고
맑게 맑게 헹구고 싶은
키가 큰 나무다.
오래 묵은 침향처럼
잔잔하고, 또 오래 가는
그윽한 향기가
바로 곁에 가까이 있다.

이 정남

다 늦도록
텅 빈 교실에 혼자 남아서
그날의 과제를 다 하느라고
진땀을 뻘뻘 흘리던
외곬인 아이가 있었다.
하늘에 커다란 구멍이 났다 한들
크게 놀랄 일도 아니고
그저 그 말 그대로 받아 듣는다.
혹 꽃이라고 하면 꽃이라고,
바람이라고 하면 바람이라고
똑바로 다 받아 듣는다.
갈기를 세우고 달려가는
세월의 거친 결기로도 꺾지 못한
하늘같은 믿음 때문이다.
그 큰 믿음의 빛을 받으며
어느새 훌쩍 자랐을 꽃들은
이제 그 환한 영혼으로
세상 다 덮고 있겠다.

장 규일

그저 태평하고 순해 빠져서
밍밍하기나 할 것 같던 그가
작정을 하고 하나하나 짚어댈 때는
숨이 다 칵 막힌다.
그러나 그게 다는 아니다.
누구나 살아가면서
언뜻 스치는 바람이기도 하고
밉건 곱건 몇 번씩이나 만나는
질긴 인연으로 맺어지기도 하고
꼭 있으면 싶을 때 바로 거기 있는
희귀한 꽃을 보기도 한다.
더러는 운명처럼
잡다한 세상을 단 원고지 몇 매에
다 담으라고 하는 되지 못한
덫에 걸리기도 하는데
그때 그걸 아무렇지도 않게
그것도 아주 반듯하게 담아내는
마지막 섬 같은 섬에 닿는

행운을 맞기도 한다.
어쩌면 밍밍하거나 숨 막히는
그가 누군가의 바람이고, 인연이고
꽃이며, 덫이고, 마지막 섬일 수도 있다.
그 바람, 인연, 꽃, 덫, 섬들이 모여서
하나하나 세상 들썩이는 파도가 되고
그 파도소리가 하늘에 닿아
마침내 생명의 거대한 바다를
들어 올리는 것이다.

정 기엽

독실하게 자리를 지키며
피어있는 꽃은 환하고,
또 아름답다.
거칠고 외로운 세상에서 마음 비운다고
금세 비워지는 것도 아니고,
작은 일이라고
순간이 쉬운 것도 아닌데,
아름답고 환한 꽃은
자신과 주변까지 살아나게 한다.
때마다 식탁 위에 오르는
일상의 음식처럼
고단한 마음의 허기도 채워주고,
눅눅하게 젖은 등의 땀내도
하나하나 쓰다듬는 손처럼
은은하고 따뜻하다.
먹어도 먹어도 질리거나
결코 물리지 않는 하늘나라
전설 속 과실 같다.

조 태화

조금만 수틀려도 온몸 부르르 떠는
영혼이 아름답다.
펄펄펄 내리는 눈처럼
그 뜨거운 입술처럼
먼 발치서 바라보아도 환하고,
똑 부러진다.
누가 오기로
어디다 내 굴려도 탱글탱글
단단한 무쇠 같다고,
야무지다 못 해 독하다고,
한 마디 툭 던지기라도 할라치면
나도 상냥한, 참 괜찮은 축에 든다고
미처 치대기도 전에 너무 억울하고 분해서
눈물부터 핑 돌 테지만
그게 또 민망해서
아예 홱 돌아서 버릴 테지만
누가 뭐라 하기 그 전부터
아름답고 순결한 영혼이다.

차 재호

가끔은

멀리 떨어져서도 바라보는데

키가 큰 나무

바람결에 까닭도 없이 부시럭거리다가

괜히 머쓱해 하는 소리가 들린다.

하늘 높은 곳에 걸린

시간의 계단을 밟아 오르며

천천히 젖고 있는

한낮의 얼굴이 무심하고, 창백하고

그렇다.

어쩌면 세상은 한 번도 망가진 적 없는

수줍은 물빛과 열애에 빠졌거나

더는 망가질 것이 없는

마지막 바람의 심술이지 싶다.

굳게 닫힌 창문 틈새로

조그맣게 손을 내미는 햇살이

더 목마르고, 근지러운 날

영혼의 배를 저으며 멀리 떠나고 싶다.

최 강희

어느 산을 오르다가
그만 숨이 차서
작은 바위에 걸터앉았다.
산봉우리 위로
말간 하늘이 보이고,
발밑으로 계곡이 깊었다.
그 아래 멀리서 돌돌거리는
물소리가 천천히 올라와서
가슴을 적셔주었다.
혼자 한참을
무슨 섬처럼 떠 있다가
일어서려고 하는데,
문득 거기
눈보다 더 흰 꽃이
눈에 밟혔다.
말없이 조그맣게 피어있는
꽃이 오래도록 수줍은 듯
오롯했다.

최 명환

지나가는 바람소리에 귀를 열면
원근의 풍경이 시간 속으로
환하게 찍혀 나올 때가 있다.
쏟아지는 햇살을 받으며
끊임없이 재잘거리는 아이들 착하고,
흰 우유처럼 깨끗한데
시간은 멎어 있다.
다 자란 아이들이
어디서 무얼 하는지 모르지만
그는 이제 텃밭에 빠져 있다.
상추, 쑥갓, 감자, 고구마
당귀, 황기, 부추에 고들빼기
그 잎이며 줄기, 뿌리 하나까지
쓰다듬어 주고 있다.
한창 때는 펄펄 날았는데
이제는 더 낮게 몸을 낮추고
아무도 지켜주지 않는 흙에 마음 담아
보듬고 있다.

최 인숙

어떤 예감의 바람이 일기 전
무슨 기척이라도 보았는지
진즉에 몸살부터 난다.
그 못된 일의 욕심을
함께 한 사람들은
다 안다.
그 까닭이야 잘 모르지만
그래야 직성이 풀린다는 걸
이미 겪을 만큼 겪어서
그러려니 한다.
그때까지만 해도 절차나 방법에
작은 오류도 없어야하고,
하나 하나마다 철저해야 하고,
그게 삐끗하는 날에는 폭발이다.
늘 완벽에 닿으려는 욕망이 탈이다.
탈이 타고난 천성이라고
이쁘게 보면 또 이쁘고,
많이 뜨겁다.

최 정옥

아이들과 함께 놀 때면
목젖이 다 드러나도록
깔깔깔 웃는다.
꼭 한낮의 꽃들이
활짝 핀 것처럼 환하고
깨가 쏟아진다.
꽃들은 웃을 때마다
깨알 같은 꽃씨를 품지만
이제 막
눈 뜨기 시작한 아이들은
그 웃음소리에
영혼을 정갈하게 씻어서
오색 실로 가닥가닥 자아
꿈의 요람을 만든다.
아무리 비바람에 천둥이 쳐도
그 사이로 쏘옥 머리 내밀
어린 싹들의 꿈 때문에
오늘도 쟁그럽게 웃는다.

한 경석

먼 발치에서 바라보았다.
바람 부는 날이면 벌판으로 나가
귀를 모았다.
소리치며 일어서는 풀잎들의
소리없는 함성을 들으려고
오래도록 헤맸다.
알에서 깬 애벌레가 자라서
딱딱한 번데기로 되었다가
호랑나비로 훨훨 날아오르는
그 시간까지
묵묵히 바라보고 지켜보았다.
벌팔을 가르는 강물은
빠르게 흐르다가 잠깐 멎은 듯 하더니
더 빠르게 흐르는데
어느새 투명한 물소리가
바다에 닿아 일렁이고 있다.
한 생이 먼 발치에 걸려 있다.
아주 묵묵하게, 듬직하게

시와소금 시인선 005

사람이 그리울 때가 있다

1판 1쇄 발행 2016년 12월 10일

지은이 윤용선
펴낸이 임세한
디자인 유재미 정지은
펴낸곳 시와소금
등록번호 제424호
등록일자 2014년 1월 28일
발행 강원 춘천시 충혼길20번길 4, 1층 (우24436)
편집 서울 송파구 백제고분로45길 15, 302호(홍주빌딩)
전화 (02)766-1195, 010-5211-1195
이메일 sisogum@hanmail.net
ISBN 979-11-86550-34-2 03810

값 10,000원

* 이 책의 국립중앙도서관 출판도서목록(CIP)은 서지정보유통지원시스템 홈페이지(http://seoji.nl.go.kr)와 국가자료공동목록시스템(http://www.nl.go.kr/kolisnet)에서 이용하실 수 있습니다.

· 이 시집은 춘천시문화재단 문화예술지원금으로 발간되었습니다.